ナガサレール
イエタテール
完全版

ニコ・ニコルソン
Nico Nicholson

JN082321

太田出版

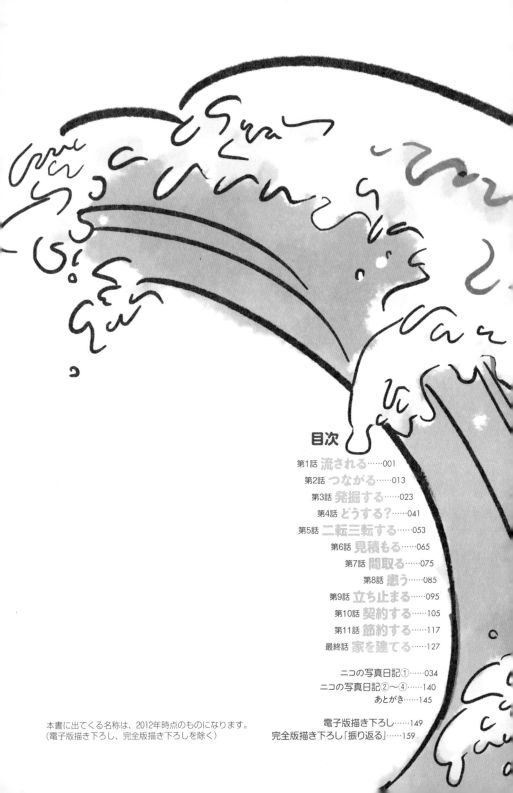

目次

本書に出てくる名称は、2012年時点のものになります。
(電子版描き下ろし、完全版描き下ろしを除く)

私の実家は
宮城県の東南端
海沿いの町 山元町

神社

お寺

商店

老人ホーム

小学校

特産品は
ホッキ貝と苺

ゆるキャラ
ホッキーくん

ホッキ貝

マーガリンのあき容器

コーヒーのびん

地元の人はジャムやアイスにする。

そんな
町で暮らす…

小学校は波音が
聞こえるほど
海が近い場所

海原ち～かく～
風清き～
（校歌）

松の緑に～
かこまれて～ ♪

好きなもの
ケンタッキー！！
ふかしいも！！

婆ルソン（81）
プチ認知

ムシャァ

そして…

好きなもの
固やきそば！
豆ごはん！！

母ルソン（56）
バツイチ

ゾゾゾ

好きなもの

レバ刺し！パン!!

ニコルソン！

は

10年前に上京
今は東京で
自宅仕事の日々…

マンガ描いたり
絵を描いたり
豆食ったりしてます

ハイ…
こっちの件…

イスの上に
正座

やっぱり一般誌で
「うんこちんちん」は
厳しいですね……

かわいく…

「おチンチン」なら
まだイケる？

大事なとこ
なんだけど！

このセリフ
大事なんだけど
削るの？

うーーーん

某誌担当
◯◯氏

編集長に
かけあって
みます…

……

お願い

さて
走りに行くか
ジムへ…

フー

家の中でも
マフラー

東日本大震災発生。

どうしましょ！

トイレ行っておくんだった！

ガマンしてたのよおしっこ!!

身を低く〜

走らないで〜

そうですね…

水、止まるかもしれないし…

そ

34567F

ガタ

ガタ

ギッコ

ギッコ

ギッ

ギッコ

ギッコ

ふら

もし

知らないオバサンを2人腰に付けたまま

場所柄、マッチョに囲まれ、少し頼もしかった。

とりあえず停車

うくん一度戻るか

こんなに揺れたんじゃ家めちゃくちゃかもよ……

買ったばっかりの地デジTVが

ゆれ

ゆれ

腰の骨折

山

ブーン

海

家

3月11日 気温6℃

なんか道がうねってない!?

ん?!

骨折中の婆ルを整骨院へ送り中大地震発生

一方 宮城の母ルと婆ルは……

ぐにる

まさにその時
ゆれから1時間後
15時50分頃

2人は
自宅にいた

ツイッターでの
情報収集に
没頭し始めた

ぴょ
ぴょ
安否…
安否…
あんぴょ
ぴょ

からの…

地震…

津

ん…?
黒い水…

ス

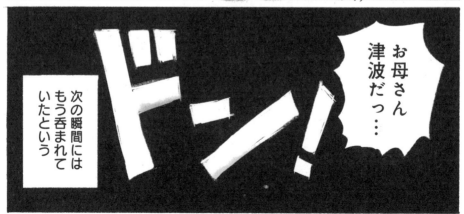

ドーン!

お母さん
津波だっ…

次の瞬間には
もう呑まれて
いたという

無我夢中で2階へ上がって

でんきも つかない…

流音が ひびくゆ…

翌朝 水が引くまでじっと待つ…

ザザーン

ケータイ水没 情報も一切ない状態

ようやく明るくなり外を見ると…

グガー

爆睡

ガレキの山に泥と水

そして知らない家がご近所に!

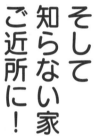

寺のちがい流されだんだ〜 ココどのへんがぬ!?

アンタ どごの 娘さん!?

駅の近くの吉田です〜
男子の娘ですっ

そうがぁ!知ちゃんとごがぁ ずいぶん流さっだわ〜

また津波さくるがも しんねがら山側さ避難すっぺ

ひなん…
あ…そうか!
避難しなきゃいけないのか……!

その後 3人徒歩で山側の中学校に避難したという

小山となったガレキや大木をのりこえ

時に遺体も…

さて震災から一夜明けた東京では……

帰宅難民…

私の周りはヤバイになってのんでた人タチし

ワッハッハ

校う前だバカヤローッ

母ルと婆ルの生存確認もできない中眠れてしまった自分にビックリ

うーーーん

チュン

チュン

えっ？名取川って私の高校があった……あのへんっ？

どこ？ていうかココどこ……？

こちら名取川上空の映像です

大地震じゃなくみぞうの大災害ということにようやく気付く

宮城名取川

テレビをつける…

ポチ

沿岸部は壊滅状態との情報が……

壊滅ってなんだー！あいまいすぎて不安だけあおられるわ!!

何でメールも通話もつながらんの!?

A.水没したからです。

ハツ当たりオロチと化した私をランチに連れ出す友人……

ハイハイ今は落ちついてね—こうなることこうなるなと思った—

ジギャァ

ペスカトーレ

ウマー！

ウマー！

ヴヴヴヴヴヴ

・・・・・・

ハイ

母ルからの電話は
それから1時間後
叔母の家に入る

ニコさん…
「おチンチン」も
NGです…

は！

ハイ！

これは いたって
フツーの家族の

復興までを
まんがに描いた
やつです

『うんこちんちん』のネタは
榎本俊二先生のマンガについて
描いてたからでした。

マンガをマンガで紹介するという
← ややこしい連載をしているのです。私。

オトナ★漫画

うんこもらしー

超ちんちーん

かげえまいくじ
©えのもとしゅんじ
せんせー

山側に避難する途中
お隣を呼びに行った時のこと...

震災から2日…

被災地は
まだまだ混乱中

自衛隊による
救助活動

思うように
水や食料が
届かず…

ツイッターでは
行方不明の
RTがあふれ

ピヨ
ピヨ

ネット上では
安否確認サイトが
次々と立ち上がる

写メされた
なんしゃ
めいぼ

Google
パーソンファインダー

そして
東京では…！

ここもか…！

モノ不足が!!!

ペーパー

トイレットペーパー
売りきれ

ない…

ここにも
あった！

おむつ！

よかった！

しかし 今 私が
尻拭き紙より
欲しているのは

アレをくれ

くれ

牛乳でも納豆でも
乾電池でもなく…

ガソリン!!!

くれぇぇ
ガソリンを…

GaS Stat

ガソリンがなきゃ
車で迎えにも
行けん…！

免許
ないけど

津波にのまれたあと
母ルと婆ルが中学校に
避難したのは確認済みだったが

とりあえず
生きてます！

安否
流されたよ！

え！？家が！？

川崎のおば

避難先の中学校

ズデー！！

サイフに
入ってた
20円で…

唯一母ルが
電話番号
覚えてた
ところ

生きたー！？

ニコ

行けたとしても
東北道はガタガタ

自衛隊車両や
物資輸送車が
優先だろうし…

とはいえ…

ヒビ

14

だんだん
物資も届くように…

1日2回の
炊きだし

ちぇっ
少ないねぇ

3年3組……
地域ごとにクラス分け。

そこでの生活にも
慣れてきたが…

私たちはここから
出られないかも
しれない……

ざわ

ざわ

ざわ

福島第一原発
大量の放射性
物質が飛び散
る可能性があ

家も金も
全部流された
よ

うちも
だよ

これから
どーなるん
だべ

ざわ

ざわ

16

とにかく
2人の顔を
一目だけでも
見たいですなー

仕事です。

こういう時こそ
あの世の
ジジルソンへ
祈ってみよう!

故、ジジルソン

ときだけか…

こーゆー

好きなもの
ドラム
サッポロ一番

この願いが
届いたのか否か

日課となった
町役場のHPチェック

何か
新情報
は…

カチ
カチ

ん
?

山元町
自衛隊の活動
炊きだし
救助

意外な場所で
2人の無事な姿を
目にする

自衛隊の活動

炊きだし

救助

震災から9日以上経ってようやく外と繋がったのだった

かわって
かわって

あんた誰だっけねえ

次の日の朝

しかし

・・・・・

そんな母ルの安堵もつかの間

は!?

津波
避難所生活

そして婆ルの異変

待ってろよー!!

迎えに行くぞー
(叔父が)

ようやくガソリンゲット!

三重苦の母ルを迎えに行けたのはそれから5日後

情報も連絡手段も
無かった時に
大活躍したツイッター。

私もこれで
たくさん情報を得ました

#tsunami
#Save_miyagi

うおお
あらがてえぇ

このあたりに
ひなん
してるかもとか

仙台は今
こうだよーとか

地域別につぶやきが
読めるサイトもあったので…

画期的!!

山元町の
渡したちのいる
ひなん所周辺で
検索!!

同じくーww

あっつん @afく〜2
ひなんじょやることねー
モンハンやろうぜ

きのポン @kく〜アげ1
録画予約したやつ
録れてんのかなー

あっつん @afく〜2
とりあえず部活は休み

けっこう
のんきだ…!

ひっかかったの
中学生のツイート
だけでした。

予期せぬ非常事態…
慣れない場所で
大活躍したのが
婆ルの茶飲み友だち。

周囲では
"あつかましい"とか
"調子いい"とか
いわれがちだったが…

つかれてぼんやり
してる2人…

食料

驚くべき行動力で
次々と物資をゲット！

ホレ！
ぼーっとしてたら
ダメだ！！

すぐ
無くなっど！
もってけ！

配給された
ざぶとん

ふとん

服

さらに人脈を使い
独自のルートで
食料ゲット

おふかし
もらったがら

食！！
あげたから
天ぷら

食！！
うちの娘ムコが
スーパーやってんのよ

食！

もち米と
あずき

あったかいもの
うれしい…

夜、たかい
お茶と
交換すっぺ

イチゴ農家さん

あの人がもし
戦後の東京にいたら
一代築きあげてたよ…

すごいわ
あの
ハングリー精神…

ゴクリ…

と、のちに
母ルは語った…

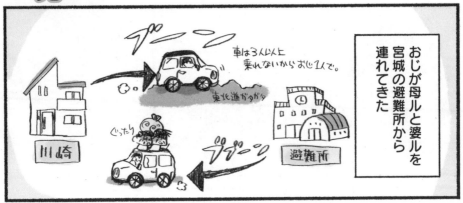

おじが母ルと婆ルを
宮城の避難所から
連れてきた

車は3人以上
乗れないからおじ1人で。

東北進むがら

ぐったり

川崎

避難所

よー
無事で……

やーかー
はっはっは

平謝装

震災から
2週間以上……
やっと会える

涙か……

涙の再会か

いや
うちの母ルの
ことだ
あぁ〜
ぐらいの
もんか

ピンポーン

ドキー

KFC

ズーーーーン

い
いらっしゃい…

こ…
これは一体…

大事なものと
そうじゃないものの
区別もつかなく
なっちゃったの!?

避難所にいる時
アンタが友だちに
届けてもらった
荷物に手紙
入れたでしょ?

ああ…
アレね

あれを婆ルが
いらない紙と
いっしょに破いて
捨てようと
したんだって

24

婆ルは避難生活の中で「せん妄」になっていた

え……

おばあちゃんは悪くないもんっ

それは一時的なもので母ルのことは思いだしたがそれでも認知症はだいぶ進んでいた

プン

この重い空気を払拭するには……

お茶……

ギュッ

こ……

さぁ母ルも冷めないうちに食べよう

辛いのもあるよ…

……

こくり

伝家の宝刀2本目。

ケンタッキーだよ!!!

ホラ

ギラ

伝家の宝刀!

KFC

もちろんビスケットも!

25

でも早くやんないと
海水に浸かった
ままじゃ床も柱も
傷んでいくし

家の中の片付けは相当
大変だろうなー

こりゃー

「立ち入り禁止区域」って
なってるけど……

道が封鎖されとる……

立入禁止

大阪のおじ

大丈夫 大丈夫
みんな入ってるよ
気にしてたらドロボーに
先に持ってかれちゃう

……ホント

こりゃ
ひどいや

いやー
婆ル置いてきて
よかったよぉー

行くーっ

な!

小学生の時の
通学路が……

うんこ

そして実家に
ついたのだが

が…

が…

コレはどうすれば
いいのかな?

部屋の中に泥が
1メートルの状態

コレはどうすれば
いいのかな?

客間に誰かんちの
車のバンパーが

中のビールはブジでした。

写メールしてる場合じゃないって!!!

いやいや

どうにかできると思ってたよ……

私はさぁ……

……

片付けはムリだね……

み

ミッション変更!

今回は貴重品を掘り出して帰還とする!!

イエッサー!

中2の時のマンガ

わっ

MISSION!
泥とガレキの中から
探し物を掘りおこす

タンスは
バールで
こじあけっ

ぬれた畳が
重すぎる...

おもちかえり...

よ、良かった
ボランティアや
自衛隊に
見つかる前に
回収できた...

ギョッ

WIN

グェェェェェ
（チェーン鋸）

腰も
イターイ

しかし
粉塵がすごい！

ぐはー

婆ルの部屋に
300万の
へそくりが
あるって…

でも、どこに
しまったか忘れたって…

非日常的母の立ち姿

母ルや…

何!?

他人の面

寺からきた
ことば

は

MISSION変更「埋蔵金発掘」

母ルや
あったかー!?

今、余震
きたら埋まるで〜

わっ
海水でサビて
ガビガビの小銭!

貯金箱は
あった

婆ルの大切な
お金だもんね

やっぱ
家族だよなぁ…

ガサ
ガサ

へそくりって
きっとコレの
ことだよ

い——や!
必ずある!!
探します!!

ボケてんだよ、
300万なんてサァ

婆ルはへそくりを

どうやって貯めたのか？

宝はウラ稼業はスナイパー…ということはなく

9人兄妹の長女の婆ルは昔から働き者だった

(和菓子屋)家業を手伝い妹や弟の子守りも。

まんじゅうふかしたりらくがん作ったり

その人生はまさに働き詰め

工場…

病弱だった爺ルの分も

すまんのう…

アパート管理…

そして貯まったお金で実家の近くに土地を買いついに家をタテール

家以外に特に買うものも欲しいものもないし…

のこったらしまっとこ もしもの時のために…

というわけらしい。

それから…20年後に発掘される…

33

めちゃくちゃになった家。
実際、目にしてもどこか
夢みたいな感覚で現実感が無かった。

ココ!

下は瓦礫や泥で埋まってるのに
上に飾ったパズルや絵は無傷。

どの部屋もこんな状態（これはお風呂）。
こんな現場から通帳や財布を発掘しました。

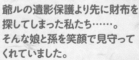

爺ルの遺影保護より先に財布を
探してしまった私たち……。
そんな娘と孫を笑顔で見守って
くれていました。

婆ルの育てた植木が
たくさんあったサンルーム。

瓦礫で塞がれていた入り口を自衛隊員が重機で
片付けてくれて、ようやく入れるようになりました。
庭には大きなガラスの破片がたくさん落ちていて
とてもキケン！

実家に片付けに行くたびに気になって
集めてしまった食べ物たち。
備蓄食品の参考に……。

カロリーメイト

箱はふよふよの
ドロだらけだったけど
中身はブジ。食べました。

アルミ袋の菓子類

海水に浸っても
パリパリを保つ!!
すごいぞ おかしメーカー。

茶葉

アルミパックなので
おいしく
いただけました。

アルミ缶のもの

波をかぶってても
全然大丈夫だった。

はい
被災茶

←我が家の
よび方

おー
さんきゅー

プラ袋の菓子類

ピーナッツチョコ

ビニール

中身が見えてる系は
捨ててしまった。
なんとなく……。

─だ、食べた→

ふにゃ

しけてるのも
多かった

パン　　　　　全滅 ✕

6本

入りこんだ
鳥のエサになってた。

ごちに
なります

カップラーメン
袋ラーメン

CUP
Noooob

ラーメン

✕

アルミ袋に
入ってれば
大丈夫だったかも。

乾麺 など ✕

波はかぶってなくても
海風にさらされ
しなしなに…

スチール缶は
サビてた…

✕

コーヒー

家の入り口が
ガレキでふさがってたのも
あっという間に処理。

車が入れるぐらいにしておきまーす

この圧倒的なパワー…!

グワン

ドグーン♥

2011年
4月　東京から実家へ向かう途中のPAにて（パーキングエリア）

自衛隊の
車両だらけ!!

戦地!?

ブラーッ

外の
露店には…

ソフトき

ブラーッ

オレ
絶対
チョコ…

ミックスも
すてがたい…

やはり
甘いものを
欲して…!!

おみやげも…

え一
どれにする？

やっぱ限定モノっ？

スイーツコーナー

プリン
チョコ

まんじゅう
チョコ

なんか
ほほえましかった…

レストランには
さすがにいなかった。

39

窓から見える花々
サクラとヒメジョオン

婆ルはビンボー草とよぶ

すやー

あたたかい
ねどこ

避難してきた
川崎の家では…

おばは料理上手

おいしい
ごはん

ナスの肉巻き
ポテトサラダ
米

みそ汁

ぶすうう

聞いちゃ
だめー!!

!!

婆ルや…
…1人で
何をそんなに
ぶすくれて
いるんだい?

掘り出してきたアルバムで
盛り上がり中

ぶすすゥゥゥう

うー
これ、私が
3才ぐらいの?

うー
婆ルの母の格好
歴史上の
偉人みたい〜

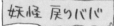
妖怪 戻りババ

返事をするまで
ついてくるぞ!!

戻りたァー!
たい
たい
たいよォォォ

も

戻
り
た
ぁ
〜
〜
い

聞きあきてる

あんな目にあって
まだ あの場所に
住みたいの!?

もう、こっちで
暮らしなよー
私も東京に
いるんだしっ

そうだよ
あっちは電気も
ガスも水道だって
とおってないし…

お婆ちゃんの
若い頃はそんなの
なかったもの

だから大丈夫。

「おしん」の
時代でしょ
それ

水は井戸か川

さむさは積雪で
しのぐ

婆ル…
大切なものって
目に見えないん
だよ……

ムシ。

目に見えないものは
無いと思ってる人。
↓

もぐ
さく
さく。

原発だって
どうなるか
わかんないしっ!!

メルトダウンだ
ベクレルだって

うんうん

私は元の家で
暮らすのは…
どうかと
思うよ……

家だって
全壊の災害判定
出たしねぇ

……

以上の理由から
あの場所に住むのは
難しいと
思われます!!

全壊

原発

ライフ
ライン
とのゆず

町の
人口
減

不明者
被告

行方

金不足

原告

ズバァァァァァ

どうだ!
これでも
まだ反論
できるか…!?

なんで?

44

45

あまりのショックに婆ルの脳は記憶することを拒否したんだ！

これから
ドースル？

…で

戻る

ふりだしにもどる。

やぁぁぁぁぁ…

お母さんは
あの時のこと
覚えてないから
簡単に言えるんだよ

むーっ

あそこは
山も海もあって
気候も良くて
本当にいい
場所なんだっ

わかってる

ぷい

婆ルが
あの場所に
こだわるのは
なぜか

住み慣れた土地から
川崎に避難して
2ヶ月半

婆ルは
ずっと元気が
なかった

おり おり

それが
なくなれば
しおれてしまうのだ

山元町は
婆ルが何十年も
根付いていた場所

そこの
土や水や空気

すく

すく

・・・・・・

母ルもそれを
わかっている

植えかえたとたんに
枯れてしまう
草花のように

47

被害判定とは？

私が
お答えします

ニャル教授

家がどのぐらい破損したか、住民の申請と調査を基に
『罹災証明書』がもらえます。

津波災害の被害判定は
指針が定められてないけど
東日本大震災では
地震と同じようにこのような
4段階の判定基準が
作られました。

① 全壊
（1F天井ぐらいまで浸水）
流出も。
うちは
コレ。

② 大規模半壊
（床上1メートルぐらい浸水）

③ 半壊
（床上浸水）

④ 一部破損
（床下浸水）

この4つの
ランクに
分かれてますよ

被害判定ってどう決めるの？

本来は「建物の50%以上が壊れていたら全壊」
とか、数字がちゃんとある基準に従って
決めるんですが…

今回はあまりにも
被害範囲が大きいので
目視！ で判断したそう…

だって…
このへんもう
何もナイヨ…

航空写真
衛星写真で確認
← ※流出してないバアイは
見た目で4段階に
わける

被害の程度によって
「被災者生活再建支援法」に
基づいた支援金が決まります。

うちは
「基礎支援金」が
100万（全壊）
「加算支援金」が
100万（補修）だったよ

(参考)「平成23年東北地方太平洋沖地震に係る住家被害認定の調査方法」

ナガサレール
イエタテール 完全版

「元の場所に家を建てる」とは言ったものの…

そうカンタンにはいかなかった

これは→かんたん

おばあちゃんツユだけでいいよ

どうせ食べるんで

建築制限!?

このマップで見るとビミョーに制限区域にかかってるんだけど…

区域マップ

うちはちょうど境目なんだよねぇ

建築基準法第39条 津波等の危険の著しい区域を災害危険区域と指定しました。

第1侵水3m 2/2～3m 4/1～2m

それは

この辺危ないから家建てないで☆

ということらしい

えらい人

解体なら壁に赤い紙貼っておけって

としたら国でやってくれるって

その上「家を解体するかどうか」の申請期限も迫っていた

あっ花だ

まあ
建てるにせよ
引っ越しにせよ
解体することに
なるんだから…

解体したら
この柱も持って
いかれちゃう〜！

えっ　柱!?

もともと
お母さんが1人で
働いてやっと
建てた家だしな…

壊したく
ないのも
わかるけど…

柱だけ
残す!!

そんなこと
言ったって
どうするの…

は…
柱だけ……

柱だけ…!?

ハハ…
小鳥が
巣を…

年に一回は
御柱を拝みに

ニコ家
御柱

ぺた…

それは…
いいよ…
(否定のいいよ)

………

というわけで
「解体」の方向で
進めていたのだが

キンキュー
ジタイ
です

数日後

おひるごはん……

建築業者に
見てもらったら
最低でも700万
かかるって

2社同じ解答

新築と
変わらない
んじゃ……?

で
お金って
どうするの？

パチョ

へそくりじゃ
足らんよ…

ズ

JA共済

火災はもちろん
地震に備えられる
建物や家財の共済

建物更生共済
むてき

がさ

ドギュー

結果

1250万 おりる…‼

コレ 津波も補償してくれるの？

思いつく限りの保障を詰めこんでるカンジだよ？

まさにムテキ！

これは地震保険‼

姿ル いつの間に⁉

1450万円！

気持ち的には このぐらい あるイメージ。

それに町からの援助金も200万ぐらい出るはず…

基礎支援金	加算支援金
全壊100万	補修100万

じゃあ 一段落したとこで私は東京に戻るよ

うん 仮設 狭いしね

物が多いからねぇ

なんだ余裕じゃないかー 2軒建つわー

次はダッツ買ってやるぜ

これが全然ヨユーじゃなかったのはのちほど…

58

支援物資の他にも 仮設にわざわざ訪問してくれたり

手紙をくれる人もいて…

がんばってください

たいへんでしたね

それとはまた別らしい

ホラ被災茶もってけ!

カロリーメイトも

中は平気だから〜

波をかぶったお茶のこと

日本茶

カロリーメイト

婆ルは喜んでいたが

母ルは複雑なようだった

わー有田焼

世界はあなたとともに

なんだかどんどん不幸な人扱いされてる気分になってきてさ〜

車で駅まで送ってもらう

毎日毎日ただ生きてるだけなんだけどなぁ

そうだねぇ…

あー電車いった

時間待ちだ

理髪

60

ナガサレール
イエタテール 完全版

保険について

私が
お答えします
ニャン教授

婆ルソンが入ってた「JA建物更生共済むてき」
これが実はスゴイ!!ってゆうか
そもそも保険じゃない ことについて—

「むてき」は 住宅の保険じゃなく
『JA(農協)が組合員の
福利厚生のために行う
保険のようなもの=共済事業』
なんだって。

加入者
全体の
20%まで
ならOK

知らんかった!
ふーん
よく
わかんなーい

一部.組合員じゃなくても
入れるので婆ルはそっちだね

ってことは
4000万円も
掛けてたの!?

うちのどこにそんな金が!?

我が家の場合は…

家財保険で750万
家本体で1250万
合計 2000万円 おりました。

これでも半額…

これを
知らなかったことで
のちのち問題が…

っていうか
なんでそんなのに
入ってたの?

家の他に
大事なものないからねー

ちまちま
貯めてたのよー

でも
「むてき」に
入った時のことは
忘れてました…

何でもとっておく
超節約魂

サランラップの
しん

紙袋

私がお答えします
ニャン教授

建築制限とは?

これから町づくりをしていくのにあたり
被災地の乱開発を防ぐために行う
制限のことです。

とてもアバウトな図…

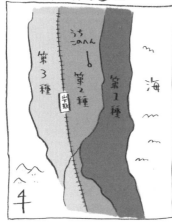

うちこのへん
第3種
第2種
第1種
海
出題

こんなかんじで制限されました

第1種区域
浸水深がおおむね3mを超える地区

✕ 建築禁止

ウチはコレ
第2種区域
浸水深がおおむね2m〜3mの地区

1.5m以上↑
◯ 基礎をかさ上げ
すれば新築可。
リフォームも可。

第3種区域
浸水深がおおむね1m〜2mの地区

0.5m以上↑
◯ 基礎をかさ上げ
すれば新築可。
リフォームも可。

山元町は町の1/3が
危険区域になって
集団移転の対象地域に
なりました。

危険とされた区域は
公園や産業用地になるそうな

うちも
リフォームできなかったら
移転してたかも…
かさ上げはな…

そういえば
海沿いにはすでに
ガレキ処理施設が
建ってたな…

（参考）「山元町災害危険区域に関する条例」「山元町震災復興計画」

彼らは疾風のようにあらわれて

疾風のように去っていった…

After

Before

スッキリ～

ゴギャァァァ

なんということでしょう!!

解体するはずだった廃屋がボランティアの匠のおかげで

3日ぐれかけで撤去作業してくれでだよ

知らない間に…!

リフォーム可能な家に生まれ変わったのです!

← 近所の人

しかし母ル
気がかりが1つ

…アレも
そうじして
くれてる…

それは避難所から
初めて戻った
ときのこと

片付け中

そゎ
そゎ

あー
…ずっと
しゃがんでたら
うんこしたく
なっちゃったな…

そゎ
そゎ
そゎ

避難所まで
戻ってられ
ないな…

どうせ解体
するだろうから
2階の便器に
しちゃいなよ
※もちろん流れません

ひゅ

あの
「出し納め」まで
そうじさせて…

本当に
申し訳ない!!!

しちゃいな
YO。
YOU
しちゃいな
しちゃいな
しちゃいなよ。

こうして見ると
基礎はしっかり
残ってるねぇ

食器類も
きれいに洗って
置いてあるよ!

たしーん

かー
しかし

そして…
ありがとう…

とぅ…

面白かったのが残してくれたものでわかるボランティアさんの価値基準

何もない机の中に…

ガラッ

ビックリマンのアルバム →

大事だと思って……！

気持ちはホント嬉しい……！

嬉しいんだが！

いら〜ん!!

7段ひなかざり

のはずが

じ——

ともあれボランティアさんの協力であとはリフォームするだけ！

1Fはキレイな骨組みだけになった

元々家を建てた大工の連絡先も流されちゃったし

見積もり頼んだ業者は2社とも連絡ないし…

あぁ大工…だいく……

はら はら

11月 震災から8ヶ月経っても被災地では大工が不足していた

うちもおねがーい

オレさーん♡

DAIKU

I♥NEED DAIKU

ひっぱりだこっ

キャー

そんなこと
言ったって…

早く家を建てて
戻りたいよゥ

仮設は
せまいし

結露路も
ひどいしイヤ
もうイヤ

ぴとーん♪

ふき
ふき

11月はもう こたつ

だーいーくーが
たりない♬

いーなーいと
たーたなーい♩

三井ホーム

プフォー

プフォー

※ほら貝の音(幻聴)

※甲冑
(幻覚)

そこに
西から援軍

大阪の家を
建ててもらった
三井さんに頼んで
みよかぁ

大阪のおじ

早速ですが
お見積もりを
出したいので
お宅を拝見しても!?

あ
ハイ
どうぞ

うぉーい

本気だ…

三井ホームの
H坂です

おぉ
おぉ
(心の声)

三井ホームの
Y田です

69

悪くない。
↓

申〜〜し訳
ありませ〜〜ん

柱など
基礎部分以外は
ほぼ総取り替えに
なると思います…

ゴオオオ

壁、床
サッシ キッチン
洗面台
おふろ
etc

それでも…
立派な家が
建つなら……

保険料が
パァ〜
もう全焼
じゃん…

解凍〜

ちなみに
この予算には
屋根と外壁の分は
含まれてません

ピキィイーッ

ウワァーッ

おいたわしや…

知り合いの
大工です

SHIRIAI no
DAIKU

アレ
…?

あ、それと
一応確認なのですが
この家は元々
三井ホームでお建てに
なったんですよね?

え?
違いますよ

三井印が
見つからなかった
もので…

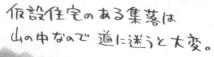

仮設住宅のある集落は
山の中なので 道に迷うと大変。

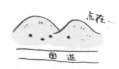

点在…

ここは
どこだ!!

まっくらすぎる!!

目印もないので
本当に大変……

グーグルマップにも
もちろんのってない

国道入って
まっすぐ。
次に右で
ちょっといって左

アバウトすぎる
母ルナビ

家に帰るのに
遭難しとる…

果たしてこの先に
道はあるのか…

仮設の間取り

収納

5畳ぐらい

あとからついた
寒さ対策の
二重扉

うちは母と婆の
2人暮らしなので
1Kでした。

3人だと
1DKになったりする。

仮設を出る時は
チェック項目が
けっこうあって
メンドーだったなー

備品も
返すのともらっていいのが
あったりして…

きれいに
みがいて
返すのだ。

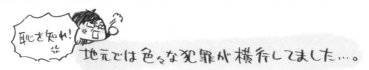

恥を知れ!

地元では色々な犯罪が横行してました…。

リフォーム詐欺

そうか!
んで、頼むわ〜

家の見積もりをして
前金だけ払わせて
ドロン。

今、大工が
不足してるんで
早めに頼まないと!

盗難

カギがかからず
家が入りほーだいなので
夜中に侵入されて…

まっくらで
電気も通って
なかったので
防ぐのは大変。

自警団が
みはるようになって
だいぶ減った
みたいです。

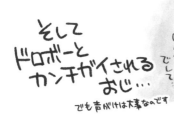

そして
ドロボーと
カンチガイされる
おじ…

でも声がけは大事なのです

アンタ
何してるの…
そこ波んちゃんの
家だべ…?

いや
その…
しんせき
でして…

← 私が回収を
たのんだMac
!

さて
どんな家に
しようか

あとは絶対

掘りごたつ!!

うちは代々
練炭の掘りゴたつ
なんだからっ

元の家の素材は
できるだけ
残して……

柱
かわら

高かったんだからっ

マーラーカオ　マーラーカオ

はいはい
掘りごたつ
必須ね…

ほとんど
使わなかった
客間も
なんとか
したい

8畳　8畳

甘くて
ウマイ
ウマイ

かき
かき…

16畳
有効利用…と

私はその練炭で
救急車に乗った
イヤな思い出が…

中は電気でいいから
掘りごたつーっ

2011 12月

足を
下ろせる
やつーっ

布団かぶって
ねてしまった

しーん

二日目だ!!

一酸化炭素中毒…

75

踊り場のある
階段！

壁一面の
本棚!!

暖炉!!!

昭和の文豪の
別荘のよ゛ーに…

まとめるとく
三井ホームに
提出する我が家の
希望は〜…

……じゃあ

四季折々の風景を
前に執筆活動…
名作連発…

ゆくゆくは文化財に

ヨーカン
くう？

さーイモ
じゃない？

2011年 12月

前と
同じ家

古民家

洋館風

三者三様
まとまらないまま…

ろく
めいかん!!

3色パン

うれのこり

ヨーぜつ!!

介護!!

ほら
ごたっ

三井ホームに要望書を提出

・和洋せっちゅう
・洋館ぽくも、そば屋的なかんじ
・堀りごたつ　・大型犬

大きな家に
本だな
本だな
16畳をいいかんじに
キッチン
ふろ
ほり光☆
大型犬
だんろ
ぱんやん

リフォームの場合は新築と違い元の柱を残して図面を考えるので

完全にご希望どおりとはいきませんがなるべく…

どれどれ…

もう…

何を…どう考えたらいいのか…

ズーーン

最初はとにかく希望をたくさん出していただくのが大事なのでこれで良いんですっ！

でもウチの地区は新築の場合基礎をかさ上げしなきゃいけないので…

内見の結果使えそうなのはやはり柱と土台だけで…

ほぼ全面改装になりますね…

これだと新築の方が安いかとー

えく…とりあえず1階だけのリフォームですが使える素材ってありました？

どうろ　きそ↑

※ P64 参照

78

ご予算が合わないようなら平屋にして新築という手も…

う〜〜〜ん

やっぱりね〜

津波の時に2階に逃げて助かったっていうのがあるから残したいんだよね…

なるほど！2階には「3・11を忘れない」というスローガンがこめられて…!!!

そんな立派なもんじゃないです

イヤ

うん、うん…

忘れたいです。

まじめ→

あれ〜でも2階だけ元のままって変テコにならない？

外見はどうとでもできますのでご安心を！

アイコラっ！みたいな…

外壁の色を合わせたりすれば

まず家の中身から考えましょう

図面を決定させないと先に進めないので。

出た案の中でも特にゆずれないところってありますか？

そうだなぁ…

本だな…いや…だんろ…

……あ

ここの居間なんですけど……

いつもお母さんはここに座って庭を見ていたので

窓の景色が変わらないようにしたいです

母ル！一番に婆ルのことを言うなんて……

私ったら自分のことばっかり

考えてたわ…

だっていつまで生きられるかわかんないんだから…

心残りのないように…

つ……終の住処‼︎

あいたたたー！

でも実際にあの窓から出入りする人がほとんどだったし…

クロネコさんもふんどしさんも…

ゆうびんやさんも…

あそこが外の世界との繋がりというか…

大事だよねぇ…

知ちゃん大根食えぇ

あがりな

ガラッ

生きてるぅ…？おいてくよー

玄関はほとんど使ってないという…

押し売りも たくさん くるけどね…

家で1人の時に ワ万円のみそを タルごと買わされた人

ダメー!! 来ちゃ

おいでー

何も わるいこと してないもの〜!

しかも怒られると 思って押入れに かくしてた

そうでした……

他にもミカン・柿・魚.etc…

みかん

こちらうつ人暮らし だっつの

まあ それでも 居間はなるべく 元のままで……

わかりました 他には ありますか?

あとは バリアフリーで 全面フローリング…

えーと えーと

余った16畳 いーかんじに

洋館

古民家

でも 掘りごたつは 必須で……

私 絵描き商売なのに 出来上がりが 全然イメージ できない!!

フローリングに!? 掘りごたつ!?

きゅきゅきゅ

でーん

それはY田さんが 元の図面の上から 赤ペンで新しい 図面を書いている 音だった!!

きっと大丈夫 もう…… 任せちゃおう!

アハハ

ただいまー

仕事 早ッ!!!

きゅきゅきゅ!!

ん? この音 は?

きゅー!

荷物多くて狭いんだから気をつけてよ!?

アイターッ

だいっ

こけっ

すてて

家どう?

次 会う時に図面持ってきてくれるって

まぁ でも来年には仮設ともおさらばできるなぁ

ねぇ皿でてない?

出てない…!!

博多つ鍋

というわけで…

3日後
東京——

ああ! これで連載タイトルも堂々と名乗れます!

建つのか分からないまま第1話を描き終えちゃいましたからね…

イエタァーリ
イエタァーリ
イキマクターリ
バックーリ
イキマクターリ バックーリでもいいかと…

来年中には建つ予定で進んでますよ

うへへ

担当編集
F岡

初登場なのにもつなべに顔かぶってますよーF岡さん

82

※ステージ…がんの進行度と広がりの程度を、Ⅰ〜Ⅳ期に分けて表す。数字が大きいほど重い。

ステージはICと見られるが 詳細はお腹を開けてみないとわからないとのこと

わかんないけど 取れば大丈夫だよ

わかんないけど

トレバ ダイジョーブ
トレバ ダイジョーブ
トレバ ダイジョーブ
ぶっ
ぶっ

しかしあれだねー

最近は本人にもさら告知しちゃうんだね

まー
今やて二人に一人はがんになるらしいから…

あ、とっても現代の医療の進歩っだから自覚ましいんだから

まぁ全然そこんとこ心配しなくていいしたらいいとこかな〜

うーん、わからない…

安心していいっていんだ

…………

あんたにずっと言ってなかったことがある

ぎょ

な…
何それ怖いな……

ドラマか。

あんたには

腹違いのハーフの弟がいる

もう成人してるだろうが

あんたが1歳になる前に別れた父親が

アメリカ人と再婚しててさー

キャサリンだったかなー

そんなことを……

なぜ…

今…

いや…なんか重要なことを言う場面かと思って…

ハーフの男とはつきあうなよ

キンシンソーカンになるかもしれん

バカなんじゃないの？

ひっ

ひっ

ただいまー

おおかえり…

母ルの
具合だけどねー

？

婆ル
腕 どうか
したの？

こ…転んで
少し打った
だけ…

こたつ布団に
ひっっかえて…

気をつけてよ〜

私も今は
絶対安静で
あんまり動け
ないんだから

しっぷ
はっ たろー

どっ つっ

これ
骨折してます

あと脱臼。

骨折　　がん

つ次は私だ!!!

どっ　どっ　どっ

こんなときに…
やっぱり怒られた—

その時期は疑心暗鬼と化し

私は常におどおどしていた

待てよ…
ドアをあけたら強盗がいるかも…

しかし暗鬼になろうとやることは多い

母ルが入院しとる間婆ルを親戚に預けて

母ルの入院準備…着替えと腹帯と…

しごとして…

しごとしごと。

家の件も仮の図面ができたとこでストップだな…

すいません三井サン…

おいたちりゃ

ウワー

1月
手術当日

大丈夫だからりゅー

起きたい

おわってるよ

じゃ

パタン

待合室で
手術終了の
連絡待ち

遅い‼

前の人は
同じ子宮体がんで
2時間ぐらいで
終わってたのに

もう3時間以上
経つぞ⁉

医療用

これの中に
あなた
いたのよッ

ありがとう
ごくろうさまって
いいなッ

…
あ…ハィ、どぅも…

変な医者

摘出した子宮を
目の前に医師に
説明を受ける

これを
とったど〜

でろ〜ん

90

ようやく
母ルと面会

しゅー

しゅー

目が覚めたら
娘として何かしら
いいことを
言わなくては

励ましの
言葉…

もしくは
手を握るなど！

もん

もん

もん

母ル…

なんか
白いな…

はっ

ぱか

え

をぉ…

手ェ〜

つかれっ！

お

ちょんっ

……変な医者

お母さんの生きる気力がわくようにッ

あなた早く孫を産んであげなよッ

おっ目が覚めたねッ

うるせーよ

手術後
病理診断の結果
リンパ節転移が
見つかる

←ホントに
こんな動き

そして
言えずにいた

ニコさん
1話目好評です！
次は私も
山元町に取材に

家 建たない
かもしれません
それどころじゃねー

担当下岡

私は
聞けずにいた

これでも
元の場所に
家を建てるの？

では
ハンコも…

ステージはⅢcとなり
半年の抗がん剤治療が
決まった

同意書
TP療法
やりますか？
やるならサインしてネ
名 ハルシン

92

ナガサレール
イエタテール 完全版

がんセンターに行くのに
道に迷った時の母ルの一言。

第9話 立ち止まる

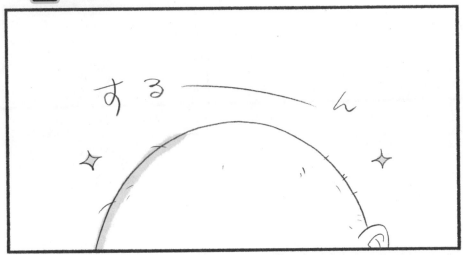

宮城での仮設暮らしは体力的に厳しいので川崎で通院治療

抗がん剤治療を始めて3ヶ月

なんかひよこみたいだなぁ

しかしムダ毛はいいけどまゆげ抜けるとな—

副作用も少なく思ったより母ルは元気そうに見えた

最近苔玉好きなんだよね

似てるから?

とはいえこんな状態で宮城に家を建てて良いものか……

免疫力が低下してるので外ではマスク

ニコ
いよいよ家が
立つんだね

うん！

よかったねぇ

友人

三井
ホームですぅ

今
やってます

ピッ

ピロリロリ（着信音）

ずぁぁ～ん

ニコさん！
家が建つまでの
写真を今から
撮っておかねば！

ね…

担当下岡

いつ建つの！？
いつ！？いつ！？

明日！！？

時が
来たらば
建つ！！

戻りたい
帰りたい
よぉぉぉ

年内に家を
建てたいと仰って
ましたよね？

逆算すると
もう図面を決めて
いかなきゃならない
時期でして…

急かすようで
申し訳ないですが
大工や資材を
押さえなきゃ
いけなくて――

うぅー

サー…

ニコさ～ん
そろそろ〆切

ガチャ

ヒィー！！

イェタテール

イェ
タテール

イェ
タテール

イェ
タテール

これはもう「建てろ」ってことでしょ!?

判断力低下中➡

図面

ああ流されやすい私よ…

そうか

タイトルの「ナガサレール」は人の意見に流されるという事だったのか…

ぐ～る

ぐ～る

どりゃー！

アー

…というわけでもう最終図面を決めちゃいたいんだけど

へっへっへ

リクエストは？

で？いつ建つの？ねー

別に何でもいいよ住めれば

ぐ～るぐ～る

プッ プッ

居間 寝室 トイレはよく行き来するから婆ルのためにも近いほうがいいよね？

いいよなんでも

カッティ～ン

や～っ！

あのねぇ！「なんでも」ってこれからずっと住む場所なんだからちゃんと一緒に考えてよ！

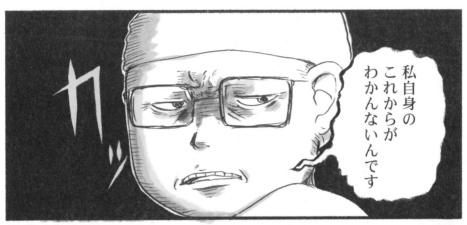

私自身のこれからがわかんないんです

母ル…顔怖い

は

そう

私に聞くんじゃねぇ！

「家のことを考えること」＝「先を考えること」

娘か！

2012年3月 震災から1年

母ルは疲れていた

そうか！！！

私が決めなくちゃいけないのか！！！

欠場。

何言ってんだ！一人娘のお前がしっかり戻る環境整えてやらんでどうする！

よう！どうだ家の方は？

私に聞かないでよ…

大阪のおじ

爺ルが死んだ時も…

死とはなんだ…

わたわた

高2

前の家を建てた時も…

働く人たち

10キ

180cm

ジジル

遊ぶ人たち

婆ルが謎の病にかかった時も…

入院じゅんび

減少性紫斑病ってなに〜!?

特発性

これ！

こわい

25キ

今までは……

まずは自分がどうしたいか…○。○。

流されてたらイカン！

ポクポク

ポク…

くるくる

そんな私がついに…!!!

のっしら…

これからを思えば都会にマンション買うのが賢明！

母ルのがん治療に婆ルの介護もあるし

家工♡

マンガの盛り上がりは？

ここまできて建ててないの？

イヤイヤ

工♡仕事

じゃあ2人が宮城に戻ったら自分も住める？面倒みられる？

取材や打ち合わせがあるしそれは難しいよ…！

けんけんごーごー

それなら家は都会に

でも2人は戻ったし…

キー

都会にマンション借りて住もう！

いいの？

ガーン

家はまだ本契約前だし大丈夫

姥ルも私が説得するよ

グゴゴ

…この前

妹家族と焼肉に行ったんだけどさ…

私も行ったよ！

さとってよ！

もぅ

お母さん最近は5分前のことも忘れるのに

おや？ここは一体どこだい？

だから焼肉屋だよ

¥480

妹のその言葉に

した！

もう川崎にずっといたらいいじゃない

焼肉屋もたくさんあるし…

なぁ？！

まぐはぐはぐ

お肉お肉

お母さん

お母さんは生まれ育った場所に戻ります

そう…

そ

はぐ

もぐ

アンタの言うことはわかるよ
私も移住は考えたけど…

うん

うーーーん

これまだ中が生だよ

とれはとのぐらいがいいの

じゅ

ZZZ

井井

よく
眠れるなぁ……

そばに
いるうちに
慣れたのかなぁ

……

……

当たり前の
場所に……

まぁ
これが当たり前
なんだもんな…

当たり前の
ことを
当たり前に…

ナガサレール
イエタテール 完全版

母は婆のため

私は母のため
家を建てることに
しました

これ
たてて〜

はい
たてて〜

しかし
正直 めんど
くさ〜〜い

私
住むんじゃないし—

母
やる気ないし—

婆
ボケてるし—

仕事
休めん—

はっやく！
はっやく！

それは
母ルが

母っぽく
なかったから
だと思う

母っぽいって
なんだよ

こんな風に
育ったのには
ワケがあります

もっさり

現代妖怪図鑑
「おやふこう」

すねをかじったり、いきおくれたりするよ。

母ルがくれた
唯一のものが
あるはずよ〜

唯一のもの？

それは…
自由！

FREE
DOM!

たしかに…
私は自由に
生きてきた……！

勉強

やらなーい

部活

手あたりしだい
ヤーツ

空手
演劇
美術
語学

推薦ムリー
もーココでいーや

進学

「自由に育てる」と
いうのは
簡単じゃない

お金も手間も
たくさんかかる…
大変なことよ

でも勝手に
離婚したんじゃ
ないか

……

そういうところ
ですよ…ニコ

女手ひとつで
それをやってきた
母ルをもっと
敬いなさいね…

母ルもこんな気持ちなのかな

…思わず一句詠んでしまったが…

親孝行 めんどうだけど やらなきゃね

圃

ゲコー

三井ホームと本契約の儀

早速ですが設計図の第一案見て下さーい

これで年末までに家が建てられるように動けますっ

大工さんをおさえて資材を正確に予算も正確にだせる～

ああああ押してしまったぁぁぁ!!

いいんだよ けどさま

びら～

おばあちゃまの寝室と使ってなかった客間2部屋の計3つをぶち抜いて24畳のリビングダイニングキッチンに！

ご希望のオールフローリングバリアフリーになってます〜

自信の提案！

おおおお

寝室

茶の間

ほりコタツ

24畳LDK

システムキッチン

食器棚

玄関

ご近所を呼んでパーティーもできますし大型犬だって飼えますよ！

イモふかしたよ〜

THE DANRAN

ラララ♪

おいたわっしゃー！

はっはっは

もう呼ぶようなご近所もいないしね

もらった魚や野菜を婆ルが煮つけることはあったけど今もやるかどうか…

でもウチほとんど台所使わないんですよね…

ぽやーん

ん…そうなんだ

うんうん

ならばっ！

これからの生活を考えるとやはりお婆様の介護重視ですね！

なるほど

ででも
瓦じゃない屋根に
ふきかえればその分
安くなるので予算を
ウッドデッキに…

しかし婆ルは
瓦にこだわって
たからな〜

うぅーん
なんとか
ならんかのう

ななななな
なんとか
考えま〜す！

H坂さん
漢だ！

さすが
プロだ！

うっかん会社
戻って「プラン」
ねつなおし

2年かかる瓦を
使いつつ
ウッドデッキも
作って
お金かけずに…

ばーん

で

これからですが
設計図を固めつつ
ショールームを
回って内装や外観を
決めていきます

わぁぁ〜
楽しそう〜

（そういうの めんどくせぇオーラ）

ゴゴゴゴゴ…

お互いの
完成イメージを
すり合わせつつ…

こうして

6月〜8月にかけて
真夏のショールーム巡りが
幕を開けたのだった

床

DANACAFE

キッチン

INAX

バスタブ

Ya Moh

照明

ドアetc…

外壁

システムキッチン
○○シリーズ

まずは
キッチン周りから
見ていきましょう

はーい

甘いねぇ…

じゃあ
コレに
します

古民家風の家に合いそーな

色は
焦げ茶…と

うんうん

おるすばん中

あんだ

展示品や
カタログの
中から
選んでくるだけで
良いのね…

通販みたい…
楽じゃん。

ウチは既製品で
十分だからね

比較的安くて使い勝手もいいだろうし

〇〇シリーズ

もー
それでいいよ!!

次は取っ手の種類を…

あと蛇口と水きりかごのカタチと…あと…

ブギィッ

ぎゃぁぁ

では 次は
カウンターの
色を

こっちが
ホワイトで
こっちがライトベージュ

どっちも同じ色に見えます!

イラッ

次はシンクの
色と種類を
選んで下さい

丸と
四角と
ちょい丸
と…

えーと
これと
これで

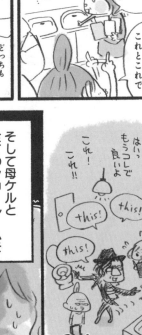

はい、もうコレで
良いよ

これ!
これ!!

this!
this!

this!

母ケル
メンドーシャウソン
誕生。

そして母ケルと
全てのショールームを
回り終えた結果

今回の
ご予算合計…
2500万円に
なります

…
…
うん♪

えっ!!!?

カタ

カタ

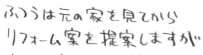

ふつうは元の家を見てから
リフォーム案を提案しますが
うちは何もない状態 …‥

おいたわしやー！

どこが
どうなって…
…!?

玄関は
どこだろう…
……？

なので、元の家がわかる
写真を渡したり

このようなものを描きました

マヌケな写真が
多かった…

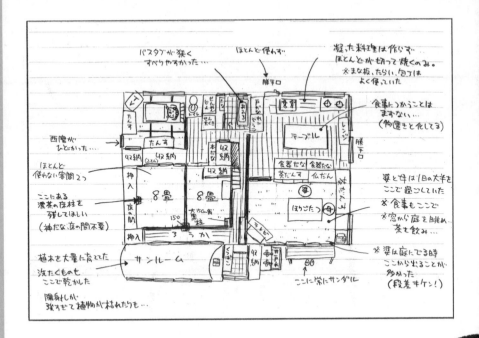

これで「家族がどんな生活をしているか」
「何が大事そうか」が分かって
家作りに役立ったみたいです。

に…たせんごひゃくまんえん…

たしか
前の見積もりでは
1460万だった
はずじゃ…

あれは外壁も
屋根も入ってない
仮の見積もりなんです

最低でも…という

保険金
1250万
＋
町からの支援金
200万

アレ？

1050万円
足らないよ？

ミラノサンドA
(生ハムの)
＋
ブレンド(S)

1050万なんて
ピンとこないよ…

これ2回で
¥560…

ドトールの
ミラノサンドで
計算すると

だから…
切り詰め
ましょう

ゴゴゴ

18,750
食分
↓
1日3食
食べても
17年分！

高い
！！！！

そうなんですよ
高いんですよ
ニコさん！

わかって
もらえましたか

つまり
こうなります！

？

ん？
で、1Fの屋根は
どーなるの？

瓦屋根
ココは
FRP防水
ウッドデッキ

カシ〜ン

変型！

傾斜つけるので
雨も雪も大丈夫。

新たに不足分の瓦を
作るとなればコストも
時間もかかります

それならいっそ
屋根形状を変え
さらにご要望だった
テラスを組みこんで
しまおうと！

ただ
テラスユニットを
つけると
費用もかかるし
とってつけた感が
でますから……

こんな風に
ポコーンと。

それが
三井
クオリティー！

ババッ

なんという…っ

外観も損ねず
予算も抑え
期日に間に合わせる
なんて……

750万
たらん…

しかし
これでもまだ
2200万か…

だって…

…母ルは
どうしてそんなに
落ち着いてるの？

119

保険で
2000万
おりるじゃん

1250万って
言ってたよね？

家財と家の
合わせて
2000万

家財保険
入れてない
んでしょ

私たちも
そう
きいてました…

資金問題
解決

なんか…
すいません…

私だけ
知らんかったん…

5話で
1250って
かいちゃったよ

あ〜あ
しっ…しらない…

まぁ…
良かった
ですよね…

では図面の
最終確認
お願いします〜

特に
問題ない…

あ

コンセントの
いちとか…

神はいないので
神棚は
いりません

ま——
それぐらいですね…

はい…

抗がん剤治療は終わりにしましょう

次々襲いくる困難に神も仏もないと決め込んだ母ルだったが…

ハイ 腫瘍マーカーも正常値になってますね

…うん

良かったよ

…まぁ でも…

うん…良かったよ

良かったじゃん

……

次の定期検診ではわかんないけどね

月イチかーめんどくさ…

神様は見ているのだよ

神などおらん 頑張ったのは私だ 私が神だ

それより早くかみのびないかなー

あっそ…

ナガサレール
イエタテール
完全版

震災とガン告知で
バタバタしていて
誕生祝いがまだだったので

メガネを
プレゼントした。

まだ
古いのを…

ピンキー性だなー

ゼーゼーッ

しかし
いつまでたっても
かけない。

まだ
震災メガネ
かけてるの?

津波に
のまれて
ヒビ入ってる

ガン治療終了後の
ある日

おーす

度が合わないとか
耳が痛いとか
あるなら言いなよ

別に
そーゆーわけじゃ
ないけど…

とうとう
してるうちに…

ようやく
かけたね

新しい
自分になったら
かけるつもりで
いたのよ

半年以上
じゅくせいさせて…

ガン治療
始まる。

でも
こっちも とってある。

……添付した
お写真の通り
新居のお庭に
生ゴミがまかれて
おりまして……

私の監督不行届で
本当に申し訳
ありません…

す…

うちの施工スタッフも
気付かないうちに
何者かが侵入
したのだと……

すいませ――ん
それ ウチの
婆ルです――!!!

庭のいい
肥やしに
なるんだからッ

そ―――
でしたか―――!!!

↑わざわざ
仮設から埋めにきてる

そんな12月…

あみあみあ〜

どっさり

もくもく…

どどっさり

おりおりおりおー

あっちで
たくさん
使うもの!!

これから
引っ越すのに
新たに
生み出すなよ!

荷物
ふえる
から!!

ちめりッス

引っ越し当日も
婆ルは
絶好調だった

ココがリビングと
台所です〜

ウフー

便わない
キッチンは
コンパクトに

食料庫は
たっぷり

キズだらけだった
大黒柱には
化粧貼りを…

柱が残った！！

ウッドデッキ

ここに
椿木むく〜！

トイレ

洗面所

ドアノブが
ネコ!?

かわいー
でしょー

出入口ロッコ

全部屋
バリアフリー
犬用の床に
なってます

すべらない
汚れが
おとしやすい…

ねぇ…
未来に飼うなら
大型犬が見える

そして
こちらが
茶の間です！

ぴったりの
テーブルが
あってヨカッタ

フローリングでも
意外としっくり
きてますね

掘りごたつ！！

130

我が家すご――い!

けど…

なんか知らない家みたい…

今夜どーすんの!?

朝起きて波瑠が冷たくなってたらどーすんの!?

エアコン取付けの手配が明日になっちゃってね～

さむい!!!

ただ今の室温1℃

←さむだけ

そして…?

こんなこともあろうかと持参致しました!

自宅の倉庫から…

HOHOHO

H坂さぁぁん! サンタさぁん

6畳用 石油 ファンヒーター

家ができた時より反応が良い…

ああ――ッ春ですね

貸すだけですよ…

おーっ 屋根が平らに！ 広いバルコニーみたいだ〜

ねそべって星が見られるわー

ココ ↓

ガラッ

あ そうだ

2階ってどうなってんだ

わーここからボロいままだー

トッ

トッ

トッ

ギシ

ギシ

ふぉおおお

びゃーーおおお

景色が変わってる

お母さ――ん

お母さんは
デイケア　私は会社　こいつは東京

みんなで
どこ行くの？

迎えに
きてるから
早く～！

おはよ～
ございま～

おしまい。

ニコの写真日記②

2011年冬〜2012年冬
もう一度ニコ家ができるまで

2011年 冬

電気、ガス、水道が復旧していない状態。
ボランティアさんたちが瓦礫や汚泥を片付けて
くれたおかげでリフォーム可能な状態に!

2012年 9月 解体

10日ほどで解体終了。海風に
晒されたままの柱……
台風も来る季節。不安です。

地震対策もバッチリ!
ガッチリ強そうな佇まい。
平らな屋根部分もできてきた。

10月末 耐震補強

前と同じく茶の間には掘りごたつ。
浴槽は万が一、婆ルがおぼれない
ようこんな構造。

足がつく

半身浴…

11月中旬
お風呂と
掘りごたつ

12月上旬
足場解体・
塗装

肥料にするなら
ちゃんと埋めないと……。
婆ルよ、ツメが甘いぞ。

立派な化粧梁。
婆ルこだわりの大黒柱も
ちゃんと残ってます。

12月某日
完成

ワッショーイ

写真提供…三井ホーム

ニコの写真日記③
こんな家ができました！

前から───

うしろから───

ナナメから───

リビングダイニングキッチン

16J LDK

16畳！
広い！

リビング

玄関から階段

よもや我が家で
劇的ビフォーアフター
する日がくるとは。

おふろと
トイレ

お風呂

婆ルの介護のため、
お風呂とトイレは
すぐつながっています。

1階と2階の差が
一目瞭然……

新旧階段

母ルの3つのこだわり

ウッドデッキ　ウォークイン
クローゼット　猫の取手

我が家の玄関の守護神。
右手骨折は以前から。
新居でも玄関前に立ち続ける……!

婆ルのなわばり

ニコの写真日記④

最後に、2007年に撮った写真です。

あれ？
このマンガの
前の巻って……

あ……
実家だ

同級生からの
年賀状……

あ
実家が

時間差でくる
喪失感。

いろいろ
流されたな！

まさかこうして本になるなんて…

当初自分のブログでちみちみ描こうと思っていた話が…

あ　が　き

と

スコーン

なんとか…ここまできました…

あとがき

ほかの人が読んで面白いのかしらと何かにつけハワッとして…

いたってフツーの家族の話

霊ぺぶにあったとはいえ…すごく内輪！？

こっちで描きませんか！

いいの？つて

ハワッ

ハワッ

あの時　F岡さんに声をかけてもらって本当に良かった

さぁ　さぁ

そろー

涙ル

母ル

ケンターキー

もっと演出しなきゃダメなのでは！！？

146

介護疲れしたり
してますが…

なんとか
元気で
やっています

私も
あいかわらず
東京で
マンガを
描いています

ご愛読
ありがとう
ございました。

ナガサレール
イエタテール
完全版

家が流されてから8年

介護度は5

婆ルは町の介護施設に入っています

認知症が進んで今は私のことも母ルのこともわかりません

自分の家がどこかもわかりません

母ルが「元の場所に戻りたい」という婆ルのために

一生懸命建て直した家に婆ルが住んだ期間は

4年にも満たなかったと思います

何のためにあの場所に建て直したのか

建てたことに意味はなかったのか

面会に行くたび
必ず婆ルは
いいます

おうちに
帰りたい

でも、それは
建て直した家のことでは
ないようで……

家に戻しても
「帰りたい」という

帰ります！

だから

ココが家
だってば

認知症で
記憶が曖昧になった
婆ルのいう
「帰りたい家」は

婆ルの
記憶の中に
しかない

「いちばん
幸せだった時間」の
ことのようなのです

本人が
わからないんじゃ
建て直した
意味なかったわ

あんな
大変な思いして

151

ですよね…

母ルは全力で
婆ルの
最期の願いを
叶えてあげたん
だから立派だよ！

高く
ついたよ

2000万以上かけてな……

ハン

サイゴ…？

あれから

ニコ家には
家族が
増えまして

犬です。
雑種。

又太郎 5才

好きなもの
人が食うもの!!

ヨーゼフみたいな
大型犬ではないけど
それなりに
仲良くやってます

延々続く
ドッグランに
犬 大興奮

走っても
走っても
果てが
ねえぜェ

町には
高くて丈夫な
堤防ができました

ズァァーーーッ

万里の長城かと
いうほど長い
スーパー堤防。

堤防の周りはすっかり整備され広くてきれいな公園になり

婆ルとキノコ狩りした海岸の松林はもうありません

これも毒きのこ

これも

どく

どく

ポイ

ポポポイ

どく

その海からほど近い場所にあった古い神社も新しい社殿になり

初詣は地元の人で賑わっていました

写生大会では屋根の瓦を丁寧に描いたことを先生に褒められたり

そんな思い出の神社もすっかり生まれ変わって…

私が子供の頃は縁日で鈴当てのくじを引きまくったり

大きな鈴がほしい!!

鈴!

一回50円

くじ

カァァ

ほかほかの甘酒をもらっておみくじを引きました

大吉！

うれしいような

さびしいような

きっとこれからここで縁日をしたり写生大会するのかもしれない

もし流されたまま再建されてなかったら

この光景も

私が鈴当てや写生大会を思い出すことも無かったろうな

完全に元に戻ることはなくても

そこにあることは大事なんだなぁ

そうか
なぁ…

意味
なかったわ

婆ルの
認知症の症状が
在宅介護できないぐらい
ひどくなり

地元から離れた
仙台市の施設に
預けた時

婆ルは
急に怒ったり
泣き出したり
ずっと
辛そうだった

でも地元の施設に
空きが出て
そこに入居したら

すっかり
落ち着いて
別人のように
穏やかになった

職員さんとする
地元の話とか

耳慣れた
方言の響きとか

ツバメの
鳴き声とか

澄んだ
山の空気とか

あどこさ
トーフ屋
あっだべ

うん

脳が萎縮して
色々なことが
わからなくなった
婆ルでも

育った土地で
暮らすことは

何ものにも
代え難い
心地の良いこと
なんだろうな

アイス〜〜

帰りましょう

うん

いつでも帰れるよ

私もヌ太郎もいつもあの家で待ってるんだから

どうもすいませんね いつも随分とお世話になって……

なんとなく「世話になっている人」というのはわかるけどそれが娘とはわからない状態

いいえ…

お母さんの家はすごーく丈夫で立派だから

私はあなたの娘なんだから当たり前でしょ

出戻りの私がお世話になってるの

あらま〜可哀想に仕方ないねぇ

そうよ〜立派な家だから安心していつでも戻ってきてください

ええ…もう30年以上前からですが…

ま〜

どっちが戻るんだか

やっぱ
私は

「元の場所に
建てた」ことに

意味はあると
思うよ

なんて

自己満足
なのかも
しれないけど

でも

やっぱり

うん

あら～～
ヌ太郎さんも
お元気そうで

東京で
元気に
やってます
わん

ヌ…

……

おしまい。

「ナガサレール イエタテール」の発行から7年経って

なんと今回完全版が!

2020 ← 2013

まさかこんなに長く皆さんに読んでもらえるとは!

映画化もポシャったのにね

それは言わないで

これも皆さんの応援のおかげです!

口コミとかNHKのあさイチで紹介してもらったりとか

ナガサレール オススメだよ

おすすめエッセ

津波だっ

これからも皆さんの本棚の端っこに置いてもらえたら幸せです

このへんに

次ページより「完全版 かきおろしマンガ」になります…

しかも ヤマザキマリ先生に…!

とにかく急いで婆ルのいる仙台へー！

その足で山手線で東京

はやぶさ

仙台からタクシー！

3時間半後婆ルのいる施設に到着

ひー

ガラッ

ゼッ ゼッ

← 枝豆

スーパーコセキ

カー

点滴が効いて意識が戻ったよ

もう大丈夫だって

そう…
じゃあ
お願いね

犬も
置いて
きたままだし
きた〜っ

ホ〜ッ

よかった〜

母ルは一度
戻りなよ

私は
明日の朝まで
ここにいるから

あ…
起きた

ムグ
ムグ

このまま
亡くなってたと
しても
老衰だって

老衰……

パタン

部屋に
婆ルと2人きり

もう私が誰かも
わからないぐらい
認知症が
進んでいる婆ルと

会話にならない
会話を2時間

ガラスを
ぶっかいたの
なめてたの

アメ玉の
こと?

ざぶとん

婆ルがまた
眠ったので
私も横になる

フヤー
ヤー

三途の川を
渡りかけてた
のに！

のんきか！

こんなに
痩せて

小さく
なってた
なんて

急に
アクセル
踏むんだもん
なぁぁぁぁぁ

……
「死」って
もっと
ゆるやかに
くるものだと
思ってたよ

痛いほど
学んだはずなのに

数秒後に
何が起きるか
わからない

ぱか

それは
私と
わかって
いたのか

いや

今の婆ルに
わかるはず
ないんだけど

あっち
向いてな

わかってる
みたいな
言葉だった

それから

見て
いたいん
だよ〜

すっかり
元気になって
ます

大好物の
アイスを
アム　アム

アム

いいい

3年後の今
婆ルは──…

◆「振り返る」◆

Special Thanks

小畑ゆう子、小畑一則、ミオ、マオ
吉田勝、吉田登美子、ハルミ、リュウ、ミユキ
岩佐康、岩佐幸子
吉田耕一、コロ、木幡圭吾

伊藤脱子、南信子、今野久美子、長尾美保
イナさま、ミスター豊田、トモアキ

H坂さん、Y田さん
東北コンパウンドのみなさん
ボランティアのみなさん
山元町役場のみなさん

いがらしみきお先生
羽海野チカ先生
とよ田みのる先生
中村明日美子先生
日本橋ヨヲコ先生／木内亨先生
野村宗弘先生
古屋兎丸先生
ヤマザキマリ先生

初代担当　F岡さん
電子書籍担当　河合さん
完全版担当　村上さん、新木さん、森さん
WEB担当　杉山さん

読者のみなさま

【初出】
第1話～最終話…太田出版web連載空間「ぽこぽこ」(2012年2～12月)
電子版描き下ろし…2019年
完全版描き下ろし「振り返る」…本書のための2020年描き下ろし

ナガサレール イエタテール 完全版

2020年3月11日　第1刷発行
2021年9月16日　第2刷発行

著　者
ニコ・ニコルソン

発行人
岡 聡

発行所
株式会社太田出版
ホームページ http://www.ohtabooks.com/
〒160-8571 東京都新宿区愛住町22 第3山田ビル4F
TEL 03-3359-6262
振替 00120-6-162166

印刷・製本
大日本印刷株式会社

装　幀
関 善之＋村田慧太朗
for VOLARE inc.